거북이의 처세술

황금알 시인선 140
거북이의 처세술

초판발행일 | 2016년 12월 5일

지은이 | 류인채
펴낸곳 | 도서출판 황금알
펴낸이 | 金永馥
선정위원 | 김영승 · 마종기 · 유안진 · 이수익
주간 | 김영탁
편집실장 | 조경숙
표지디자인 | 칼라박스
주소 | 03088 서울시 종로구 이화장2길 29-3, 104호(동숭동, 청기와빌라2차)
물류센타(직송 · 반품) | 100-272 서울시 중구 필동2가 124-6 1F
전화 | 02)2275-9171
팩스 | 02)2275-9172
이메일 | tibet21@hanmail.net
홈페이지 | http://goldegg21.com
출판등록 | 2003년 03월 26일(제300-2003-230호)

ⓒ2016 류인채 & Gold Egg Publishing Company Printed in Korea

값은 뒤표지에 있습니다.

ISBN 979-11-86547-49-6-03810

*이 책 내용의 전부 또는 일부를 재사용하려면 반드시 저작권자와 황금알 양측의
 서면 동의를 받아야 합니다.
*잘못된 책은 바꾸어 드립니다.
*저자와 협의하여 인지를 붙이지 않습니다.
*이 책은 2016년 인천문화재단 창작지원금을 받아 제작되었습니다.
*이 도서의 국립중앙도서관 출판예정도서목록(CIP)은 서지정보유통지원시스템
 홈페이지(http://seoji.nl.go.kr)와 국가자료공동목록시스템(http://www.nl.
 go.kr/kolisnet)에서 이용하실 수 있습니다.(CIP제어번호: CIP2016028375)

거북이의 처세술

류인채 시집

황금알

눈 한 번 감았다 떴는데

앞산이 들려 뒷산이 되었다

나무는 뿌리를 하늘로 뻗고

그 길을 따라 강이 되었다

짓무른 꽃송이

둥그런 열매 하나 내려놓는다

차 례

1부

2부

3부

4부

1부

맨드라미의 교통사고

신호를 무시하고 우회전하던 바람이
직진하던 맨드라미를 덮치고 쓰러졌다
순간 가로수에 앉았던 새들이 날아가고 나뭇잎이 흔들
리고
생이파리 몇 장 떨어지고 샐비어들 일제히 돌아본다
전선이 팽팽해지고 차들이 멈춘다
모든 것이 정지된 틈으로
귀뚜라미네 휴대폰 가게에서 록음악이 흘러나온다
사마귀가 꽃대를 세우는 동안 음악이 더 크게 울려 퍼
진다
찢어진 꽃잎들 짓뭉개진 줄기와 이파리들
날아가던 꿀벌이 꽃가루를 놓쳐버린다
커피를 엎질렀는지 아이스크림이 녹았는지 끈끈한 바닥
여전히 음악이 흘러넘치고
방아깨비네 백반집에서 구수한 된장찌개 냄새가 난다
구급차를 둘러싼 발길들
바로 옆에서 핸들을 잡고 꿈쩍 않던 여치들
하나둘 흩어진다
딱정벌레가 사거리를 쓸고 간 뒤,

차들이 거침없이 달린다
가로수 아래 개미 한 쌍이 허리를 감싼 채 걸어간다
유모차를 밀고 막 건널목을 통과한 무당벌레 한 마리
부지런히 홈플러스에 간다

개미

눈이 푹푹 쌓이는 밤 백석의 시집을 읽는다
창밖에 눈 내리는 소리
먼 데서 백석이 당나귀를 타고 가는 소리
백석은 나귀를 타고 나타샤를 만나러
눈발 속으로 사라진다
나는 그를 만나려고 시집을 읽는다

글쎄 함주시초咸州詩抄의 「안동安東」과 「함남도안咸南道安」
갈피에
개미 한 마리 납작 눌려있다

백석이 손톱을 시퍼렇게 기르고 장쾌자를 즐즐 끌고
싶다는 부분에서
개미는 '끌' 자를 온몸으로 덮으며
가느다란 다리를 빗발처럼 내리고 있다

백석은 또 압록강 유역 신의주 위 어디쯤인가 이방 거
리를 헤매며
칠성고기가 첨벙첨벙 뛰노는 소리가 들려 올 호수湖水

를 생각하는데
　내 손은 책장을 펼쳐 개미의 몸을 '안동安東'과 '함남도
안咸南道安'으로 나누고 있다

　개미는 망연한 벌판을 지나
　백석이 가고 싶었던 그 호수湖水 가운데 새까만 머리
를 붙여놓고
　여섯 개의 다리로 물 위를 지나가고 있다

회기역

　창동 행 전철에서 눈 밑에 다크서클이 짙은 그가 슬그
머니 내게 기댔네
　영등포쯤이었을까 그의 오른쪽 어깨가 자꾸만 내게 기
울었네
　나는 그의 허물어진 어깨를 십자가인 양 지고 가네
　마음에도 무게가 있다면 그것도 내게 주었을까
　밤 한강, 검은 강물 위로 불빛이 흐르고
　전철 스틸 광고판의 굿잠과 빠름빠름이 겹치는데
　평강한의원 벽 광고판 아래 낮은 코골이가 시작되네
　그의 생각은 이곳을 빠져나가 홀로 어디를 헤매는지
　질기고 부드러운 토시 선전이 지나가고
　제발 도와달라는 쪽지도 걷어가고
　찬송가를 부르는 지팡이가 뚜벅뚜벅 내 앞에서 멈출
때까지
　그의 무릎 위 에코백 모서리에서 풀린 실오라기가 자
꾸만 내 손등을 간질이네
　지하 서울역 불빛이 껌뻑껌뻑
　문득 한강이 사라지네
　탑골공원을 지나고 종로3가역에 닿을 때쯤 꿈틀

목을 움직인 그
제기동을 지나며 뒷걸음치는 시간을 보았는지
회기에서 불쑥 몸을 가르네
회기가 회귀라는 듯이, 마침내
돌아갈 곳이 생각났다는 듯이

왼쪽 날개

그는 내 왼쪽 날개인 목밑샘이 수상하다고 했다
처음에는 팥알만 하던 혹이 점점 강낭콩만큼
지금은 작두콩만큼 자랐다고 했다
수술 가위를 들고 그것을 유심히 들여다보던 그가
속히 날개를 자르라고 마른 수수깡처럼 말했다
시간이 갈수록 자꾸만 내 몸이 왼쪽으로 기울어
다시는 하늘을 날 수 없을 거라고 말했다

나는 그의 핀셋 같은 눈을 외면했다
애써 발끝으로 흰 벽을 차며
핏기없는 손으로
왼쪽 날개를 안쪽으로 끌어당겨 쓰다듬고 쓰다듬었다
그렇게 버틴 세월
혹을 매달고 사 년을 살고 오늘
그는 또다시 마른 수수깡처럼 말했다
평생 그 혹 하나 매달고 살아도
알밤만큼은 커지지 않을 것 같다고
왼쪽으로 몸이 기울어지지도 않을 거라고

곡풍谷風에 몸을 싣고 날아오르는 칼새처럼
단숨에 산꼭대기까지 오를 수 있다는 말인가
내가 한라산 그 뼈꼭채에 사뿐 내려앉는 생각을 하고
있는 동안
진료실 의자에 대리석처럼 앉아 있는
그의 포르말린 같은 말들이 자꾸만 흰 벽에서 흘러내
린다

애관극장 그 골목집

그해 겨울

늦가을까지 담장을 기어오르던 마른 담쟁이 넝쿨이 철
조망 같았다 녹슨 양철 대문을 밀면 어지러운 발자국들
이 스무 개쯤 돌계단을 내려가고 있었다 계단 중턱에 맞
닿은 처마, 처마 밑 들창, 지상과 맞닿은 창을 통해 발바
닥과 먼 하늘을 보았다 쪽마루의 부엌과 바퀴벌레가 기
어 다니던 방 한 칸, 남동생과 나와 언니와 언니의 백수
애인까지 끼어들고 주말이면 동생 친구들이 대여섯씩
몰려와 석유곤로 위에서 부지런히 라면을 끓이던 날들,
극장에는 닥터 지바고의 포스터가 붙고 나는 찬밥을 말
아 먹으며 답동성당의 종소리를 들었다 주인집 아들의
검은 가죽 잠바 옆구리의 칼자국, 그 틈으로 밤꽃 냄새
가 났다 그가 버린 꽁초가 밤하늘을 가르며 포물선으로
떨어질 동안 나는 매일 뜨개질을 했다 언니의 캄캄한 연
애는 퉁퉁 불은 라면 같았고 오래 묵은 바위처럼 단단해
지던 나의 사춘기, 나는 먼 세상을 읽기조차 두려웠다

펑펑 복사꽃

그 여자, 거실 안에 개집을 들여놓고 풍산개 몽이를
가뒀다
몽이가 노산이라는 건 어디까지나 혼자 사는 그녀의 말
며칠 전부터 몽이는 바깥을 향해 꼬리를 쳤다
유리문 밖에 선 잡견 덕구도 안절부절
두 놈이 주고받는 눈빛에
마당 가 앵두나무 후끈 달아올랐다
해반죽 복사꽃도 저만치서 눈을 흘긴다
그녀가 문을 살짝 여는 순간
잽싸게 뛰어나간 몽이
시클라멘 사기 화분이 박살 나고
제라늄 로즈버드가 계단에 흩어졌다
다리가 여섯 몸이 하나인 연리지
밭두렁이 들썩들썩 냉이 꽃다지 자운영이 화끈화끈
돌멩이가 구르고 바람이 비껴가고
담벼락은 고개를 숙이고
봄 물결 찰랑대는 개울가
버드나무 젖꼭지 흐벅지고
펑펑 복사꽃 터진다

동인천역

　월미도 2함대 하얀 세일러복의 갈매기들과 골목골목
검은 교복의 펭귄 떼가 쏟아져 나오던 인현동, 대동학생
백화점 이 층 분식집에서 올리비아 뉴튼 존의 Let me
be there와 Physical이 흘러갔다 부지런히 엘피판을 고
르던 DJ를 훔쳐보고 대한서림에 가면 트리나 폴러스가
노랑나비로 꽃들에게 희망을 주던 80년대의 오후,
　6·25 이후 미군 부대 물건들을 팔았다는 송현동 양키
시장 거북이 등딱지 같은 진열대 희미한 알전구 아래 낯
선 몰골로 웅크리고 앉은 허쉬초콜릿 양과자 코티분 청
바지는 누구를 구제했던가, 배다리 흙바닥에 참외와 수
박을 쌓아 놓고 땅거미 지도록 손님을 기다리던 청과물
상회, 좁은 골목마다 지붕을 맞대며 처마를 쪼개 쓰던
만석동 꽹이부리말, 1·4후퇴 때 밀려온 피란민들 가난
한 노동자들이 개발에 떠밀려 뿔뿔이 흩어지고 그 자리
에 고층아파트가 들어섰다 그림을 잘 그리던 깜순이 영
미는 스물셋에 수원댁이 되고 가위손이 되고 철길 쪽방
촌에서 경인선 전철이 덜커덩거리는 소리보다 더 크게
노래하던 명숙이는 시집간 지 팔 년 만에 혼자가 되어
국밥집 국자가 되고, 내 열아홉은 싸리재를 지나 배다리

22

를 지나 송림동 골짜기를 넘어 구월동 붉은고개에 이르
러 질그릇이 되었다

　그날의 동인천은 먼지 하나 쌓이지 않고 낡지도 않고
전철은 오늘도 변함없이 삼치구이와 쫄면과 계집애들의
재잘거림을 실어 나르고 있다

밤꽃

발정 난 암고양이 암내가 진동한다
밤나무 기둥에서 수컷의 냄새를 맡는다
맥문동 보랏빛 불두덩 같은 화단을 지나
박꽃으로 핀 보름 밤,
암컷과 수컷이 서로의 꼬리를 물고
마주 보다가
핥다가
한몸으로 얼크러진다
뒷덜미를 물자 엎어져
엉덩이를 치켜든 암컷 위에서
활처럼 휜 수컷의 등,
달빛에 젖는다
숨이 끊어질 듯 암고양이 비명이 날카롭다
희끄무레하게 풀밭에 누워 젖은 몸 핥는다
밤느정이 냄새 흩뿌리는 밤
신음이 은밀히 짙어가는 밤
꽃들의 자궁도 무르익어 간다

구씨네 빈집

깨진 기와 틈새 바랭이풀 바람에 흔들리고
담장 밑 봉숭아는 꽃밭이 무성하다

삼 년 전 여름, 말더듬이 아들이
쏟아내던 말 속에서 붉게 피던 꽃,
제초제를 뒤집어쓰고서도 그예 붉던 꽃,
미쳐서 동네를 떠돌던 그의 딸도
저렇게 마당으로 돌아왔다지
화사해졌다지

그 아이 초경 빛깔로 되살아난 봉숭아
혼자 남은 구씨마저 떠났어도
여전히 담장 밑에서 화사하게 피어있는 꽃,
줄기에 촘촘한 씨방 가득
빈집의 내력을 조랑조랑 매달았다

봉숭아 봉숭아

쪽마루 밑 귀뚜라미 울음이 빈집의 사연으로
봉숭아 꼬투리에서 툭툭 터진다

광복절 아침

그는 조니워커에 콜라를 타서 먹었어
나는 입 벌린 키조개처럼 주르륵 흘러내렸어
술집 바깥에는 통행금지 사이렌이 울리고
비비추 화단에 박혀있는 나를 추켜올리며 그가 속삭였지
그는 밤새 손만 잡고 얘기하자고 했지
그의 방은 불가마였어
낙지 같은 손이 진홍색 물방울무늬 원피스를 벗기고
브래지어 훅을 풀고
오빠만 믿어,
곤죽이 된 나는 손 하나 까딱 못했던가 어쨌던가
우리 정말 얘기만 할 거지?
응, 오빠만 믿어,
돌연 빨판 같은 입술이 내 말을 덮쳤어
순간 그가 처음으로 내 몸을 열고 들어왔어
아랫배를 감싸고 울자 그는 더 큰 소리로
글쎄, 오빠만 믿으라니까,

　아침에 창문을 여니 태극기가 바람에 찢어질 듯 펄럭
였어

비로소 스물한 살이 해방된 거래
나는 오빠만 믿다가 눈도 코도 없는 아침을 낳고
마침내 여자가 되었지

그날, 광복절 태극기가 온종일 나부꼈대나 어쨌대나

한적한 오후

그가 거느린 날이미지에 국화 꽃다발을 놓는다
강화 전등사 뒤꼍 정족산 기슭
그는 지금 관념을 해체하고
튼실한 소나무 밑동에 보드라운 이끼를 기르는 중이다
허공으로 허공으로 오르는 폐기종이 고른 숨결을 피워
낸다
비스듬히 기울었으나 성주목처럼 곧은 소나무로 서 있는,
다만 물푸레나무 한 잎으로서의 그를 다시 읽는다

포도주 한 잔을 따르고
유고 시를 읊는다

한적한 오후다
불타는 오후다
더 잃을 것이 없는 오후다

나는 나무 속에서 자본다*

바람이 가만가만 나뭇가지를 흔든다

28

신화 속 유물인 듯 머리 위로 솔가리가 투둑 떨어진다
나무 밑에 수북이 쌓인 낙엽들을 들춰보니
그는 여전히 맨발이다
불타는 맨발이다

* 와병 중인 오규원 시인이 제자 이원의 손바닥에 손톱으로 쓴 유고 시

시詩

첫돌도 되기 전
외할머니 잠실에서
포도씨 같은 누에 똥 깔아뭉개다가
나 막잠 잔 누에를 집어
질겅 씹었다는데 그때
꿈틀거리는 명주 뭉치를
나 꿀꺽 삼켰다는데 막
허물 벗고 투명했을 그놈이
지금까지
내 속에서 고치를 짓고 있는지
목구멍으로 자꾸만
울컥 치미는 명주실
그 씨줄 날줄을 엮어
나 끊임없이 깁을 짜는데
양단 숙고사 갑사는 아니지만
나 오늘도
시 한 문장으로 길쌈 중이다

그 칼국숫집

현관에 들어서면 남근이 우뚝 서 있다
방마다 여자들이 가득하다
칼국수 그릇마다 양기가 철철 넘친다
소곤소곤 씹어 먹는다
후루룩후루룩 빨아 먹는다
남편의 그늘을 벗어난 여자들의 얼굴에 모처럼 화색이
돈다
방마다 음양陰陽이 조화롭다
문틈으로 음담패설이 흘러나오고
추임새로 이어지는 박장대소
배를 움켜쥐고 쓰러지는 여자도 있다

그 집에서는
꼭지가 마른 여자들의 배꼽이 젖는다

거북이의 처세술

이 딱딱한 등껍질은 내 평생 다락이고 서랍이지
말랑말랑할 땐 벼룩이 슬쩍 건드려도 죽은 척
잽싸게 목을 밀어 넣고
내 작은 서랍 속으로 숨었지
배가 보이게 뒤집히면 세상도 벌렁 뒤집히니까
계단이라도 와르르 무너지면 나도 죽어라 버둥거리지
등껍질을 벗는 동안 단단해졌지
다리를 접고 목을 움츠리면 물때 앉은 돌덩이지
무시로 햇볕에 나가 젖은 발바닥을 말리지
처처에 악어가 숨어 있는 세상
몸통이 잘려 통째로 먹힐지도 모르지
서랍 속에서 목을 빼고
눈과 코만 내밀어 숨을 쉬지
서랍이 약간 기우뚱해도 뒷다리를 펴고 기지개를 켜지
오래 쟁여 둔 책 위에서 뛰어내리지
그럴 땐 목구멍이 분홍 꽃잎이지
갈퀴와 이빨은 꽃잎으로 가리고
먼지가 자욱한 다락에 발자국을 찍으며
순간순간 그렇게 가는 거지

개개비

철거를 앞둔 저층 아파트 단지 공터에 하루살이들 바람에 몰려다닌다 금이 간 층계 유리창에 가압류 딱지 해동반점 꼬꼬치킨 한마음부동산 단골수선집 스티커들 선명하다 빗물이 고인 웅덩이에 터를 잡은 망초 뿌리뱅이 지칭개 쇠비름들 우거져 꽃을 피우고 씨앗을 터트린다

공터 한 귀퉁이 따가운 햇볕을 등지고 구부정히 움직이는 할머니, 버려진 세간을 뒤적인다 개미 콩벌레 노린재 기어 다니고 풀무치 메뚜기 뛰고 꿀벌들 이 꽃 저 꽃 바삐 날고 달개비 위에 앉은 사마귀 긴 다리로 까마중을 건드려본다 익모초 모가지에는 진딧물이 새까맣다 꽁무니를 맞댄 잠자리, 할머니 머리 위에서 둥글게 연애 중이다

벌써 몇 시간 째 이 생각 저 생각처럼 굼뜬 손동작, 미동도 없이 고여 있는 공터의 정적을 깨트린다 버려진 세간들 챙길 때마다 할머니 손끝으로 불러들인 개개비 소리

이병환 옹

새벽마다 골목을 비질하며 살아온
칠십육 세 이병환 옹
평생 신농종묘상을 붙잡고 다 늙었네
동인천역에서 배다리로 가는 길목 청과물시장 건너
길바닥에 내놓은 온갖 모종에 흠뻑 물을 주며
어이, 요즘 괜찮아? 허리는 좀 어떤가?
오가는 사람들에게 따끈한 안부도 쏟아붓네
매일 찾아오는 단골은 아흔하나 안경점 황 노인
여든셋 헌책방 장 노인 구두 수선공 김
씨앗 농약 분무기가 가지런히 놓인 가판대에 걸터앉아
그들이 풀어내는 아픔도 한 묶음 선반 위에 올려놓고
손님들 상담하고 정확히 병명을 짚어내고 처방하는 그
는 식물치료사
손님이 없으면 내내 식물도감을 뒤적거리고
돋보기를 코끝에 걸친 채 무료한 마음도 치료하네
마누라와 두 아들까지 앞세운 황
뒤늦게 춤바람 난 여편네와 갈라선 장
이십 년 전 프레스에 잘린 손가락이 시리다는 김
그들의 병든 마음조차 말끔히 낫게 하는

저 불그스름한 미소
비법은 저 웃음이네

2부

입춘

병석의 아버지 부스스 일어나
겹겹이 껴입었던 옷을 벗는다
겨우내 묵은 살이 풀풀 떨어진다
유리창으로 쏟아지는 햇빛이
살비듬에 달라붙는다

아버지의 옷을 받쳐 든 어머니
유리창을 열고 옷을 턴다
아버지를 창밖에 풀어 놓는다

훨훨 날아가는 몸
산수유 가지 막 터질 듯한 목련 꽃봉오리에
사뿐 내려앉는다

벚나무들 부르르 진저리치고
홀가분한 아버지
햇살에 버무려져 환하다

왕벚꽃이 피면

국립이천호국원 국가유공자 묘역 봉안함 번호 : 11511299
안장대상자 : 육군하사 유창영

벽오동 같았던 아버지,
작년 봄 왕벚나무 아래서 찍었던 가족사진
거기 배경으로 계시네요

무덤가 왕벚나무 막 꽃봉오리 열리는데
왜 꽃이 피면 슬플까요
아직도 당신을 보내지 못한 마음이
꽃으로 터질 것만 같아요

그날 영정을 둘러싼 꽃 속에 환하시더니
지금 저 왕벚처럼 꽃그늘로 좀 오세요

아무리 둘러봐도 계신 곳이 안 보여요
거기와 여기가 도대체 몇 리쯤인가요
꽃이 지고 다시 피고 질 때까지
그 거리만큼 아득한가요

늦은 점심 약속

점심때 갈게요

그 말에
두어 시간 전부터 집 베란다에 서서 딸을 기다리셨으
리라
좋아하는 추어탕 한 그릇 앞에 놓고
배추겉절이와 밥 한 공기 더 달라는 아버지
뚝배기 바닥을 긁는 숟가락 소리가 경쾌하다
열린 창문으로 바닷바람이 들어온다
아버지는 막다른 골목을 돌아온 내 마음을 다 읽은 눈
빛이다

날마다 소파에 앉아
집 앞 플라타너스 꼭대기 빈 까치집만 바라보던 아버지

국물을 반쯤 남긴 내가 자꾸만 시계를 들여다보자
벌써 가야 하니?
젖은 눈빛으로 묻는다

플라타너스 밑에 아버지를 내려놓고 돌아오는 길
가로수 발목을 덮은 강아지풀들이 바람에 휘청거리고
나는 또 미꾸라지처럼 곁을 빠져나왔다

과속방지턱을 넘어갈 때마다 백미러가 왈칵 흔들리고
눈앞이 자꾸만 흐려진다

손

기저귀가 흥건하다
재채기는 붉고 노란 분糞을 분꽃처럼 피웠다
아버지를 안아서 플라스틱 의자에 앉힌다
뼈만 남은 몸을 부둥켜안는다
내 눈을 외면하는 아버지
괜찮아요, 괜찮아요,
나는 눈을 감고 나무토막 같은 아버지의 맨 등을 쓰다
듬는다
항문을 더듬으니 암의 뿌리가 만져진다
굳게 닫힌 몸의 문
빠져나오지 못한 고통이 묵직하다
몸의 곡선은 사라진 지 오래,
조심조심 닫힌 항문을 거쳐
동짓달 처마 끝에 대롱거리는 풍선넝쿨 같은
바람 빠진 아랫도리를 씻긴다
다리가 후들거리고 진땀이 흐른다
눈을 감고 몸을 뒤척거리지도 못하는 아버지에게
새 옷을 갈아입힌다
침대에 모로 누워 아버지는

지난 고통의 일생을 고스란히 껴안고
먼 길을 가셨다
그 몸을 기억하는 손만 남았다

고등어

그 여름
행상 나간 아버지
고등어는 종일 손수레 위에서
이 동네 저 동네 떼로 다녔다
지느러미들은 빗금 같았다

고등어 몸통은 캄캄했다
그 저녁 아버지는 비린내와 함께 돌아왔다
가문 논바닥 같은 손에서
누런 러닝셔츠와 밀짚모자에서
비린내가 났다
아이 하나 빠져 죽었다는 도림저수지에서도 비린내가
나고
질경이 바랭이 강아지풀에서도 비린내가 났다

빈손의 무게에 휘청거리던 아버지
썩은 고등어들을 죄다 쓸어 두엄에 묻던
아버지의 검정 고무신 뒤축에 피가 엉겨 있었다

그 저녁
고등어를 찢어발기던 자식들의 젓가락질
쫄깃쫄깃한 살을 다 발라먹고
아가미와 눈알도 파먹고
즐거운 밥상

뼈만 남은 아버지

거미줄

서까래와 천정과 방구석과 처마 가득 빈집을 차지한
거미
수십 년 전 아버지가 지은 집의 체온이 식기도 전에 거
미가 집을 지었다
서까래 끝에서 마당 가 우뚝한 명아주까지 얼기설기
가로지른 거미줄
허공을 낚아 한 올 한 올 유연한 길을 만들었다

아버지는 방패연을 날리고 하늘에 긴 줄을 띄워놓고
그 줄 끝에 자식들을 매달았었다
방패연이 된 아이들, 줄을 끊고 대처로 날아가고 다시
오지 않았다
아버지가 띄운 방패연에서 아버지는 아무것도 건질 게
없었다
아버지가 줄 끝에 매어 둔 것은 무엇이었을까

거미집에 길든 아버지, 뇌수술 후 난데없이 의처증에
사로잡혔었다
망상網狀, 눈에 보이지 않는 끈끈한 거미줄,

46

하필이면 거미가 뭐냐고 어머니, 울부짖어도
아버지는 왜 하염없이 거미집을 짓고 계셨을까

명아주 끝까지 매달린 거미줄, 바람이 불면 그네처럼
출렁인다
그 끝에 지금은 방패연으로 날아간 아버지가 흔들린다

황도

복숭아나무에 삭힌 닭똥을 주며 복사꽃만큼 환하게 웃
던 아버지
봄이 되자 여기저기서 꽃들이 만발하고
어디선가 벌 떼 몰려오고
바람 불면 꽃잎들 후루룩 날아 퍼지고
그 자리 푸른 열매들 조랑조랑 단추처럼 매달렸지
초경을 치른 언니 젖가슴이 그랬으려나
여름이 무르익자 풋복숭아는 누렁이 젖퉁이처럼 부풀
어 올랐지
그깟 것 심어놓고 고추 농사 깨 농사 작파했다고 어머
니가 잔소리해도
복숭아나무 둘레를 맴돌던 아버지
이마에 목에 흐르던 땀 손등으로 닦으며
잘 익은 복숭아 소쿠리 가득 담아 사립문 성큼 들어섰지
마당 가 우물에 솜털 살살 문지르던 복날
한 입 베어 물면 입안 가득 퍼지던 팔월의 단물
아버지는 여전히 텃밭을 떠나지 못하셨는지
무덤가 하늘이 황도 빛으로 익는 지금
복숭아 가지마다 황도가 주렁주렁

저 물렁물렁한 복숭아 속에는 중심이 있지
씨처럼 단단한 아버지가 있지

무랑골

이따금 백마강을 건너온 바람이
문풍지를 훑고 갔다
문풍지 사이에서는 가는 해금 소리가 났다
바람이 뒤란 가죽나무를 흔들면
나무 허리에 동여맨 빨랫줄이 윙윙거리며 울었다
뒤란과 잇닿은 비탈의 굴참나무
상수리 열매 하나 빈 장독대 위에 툭 내려놓았다
그 소리에 마른 잔대가 놀라고 산의 귀가 열리고
저녁은 깊어갔다
달빛은 얼음처럼 차갑고
창호는 나막신처럼 달각거리고
부엉이 우는 밤
세상은 아주 멀리 있었다

성묘

올케, 이것 좀 봐
아버지가 오늘 무지 좋으신가 보네
꽃도 참 이쁘기도 허지
돌아보니 아버님이 메꽃 한 무더기로 피어 계신다
여보, 그 꽃은 그냥 둬요
아버님이 뭐라시는지…
무슨 생각에 잠겨 내 말은 듣지도 않고
남편은 목덜미로 줄줄 땀을 흘리며 풀을 뽑는다
메꽃을 뿌리째 뽑아 던진다
순간 무덤 주위가 캄캄해졌다
새들이 날아오르고
배롱나무가 고개를 숙인다

놋쇠화로

열 섬지기 전답을 사업으로 날리고 화병火病을 앓았다는
시아버지는 달랑 이 화로 하나 물려주었다
불에 덴 화로

헛기침도 고함도 모두 이 화로에서 출발했으리라
장죽으로 가장자리를 땅땅 두드리고
때로는 언 손도 녹여주었을 불
행상 나간 지어미를 기다리며 삼발이를 걸어놓고
된장 뚝배기는 수백 번 끓었을 것

가산을 탕진하고 점점 뒷방으로 밀려난 것처럼
놋쇠화로는 늘어나는 화분에 밀려 베란다 한쪽 구석에서
엉거주춤 어두워진다
여기저기 불 자국이 만발이다
한때 수시로 불을 담아냈을 화로 둘레에
놓친 사랑처럼 푸른 녹이 슬었다

부젓가락으로 빈 화로를 뒤적거린다
어딘가에 손끝만 닿아도 화르르 불꽃이 이는

불씨가 들어있을까
그런데 이 얼음장 같은 느낌이라니!

화로의 침묵에 다시 가슴이 데인다

동행

빨강 털모자를 곱게 쓴 아흔세 살 어머니
일흔다섯 살 아들의 손을 자꾸만 뿌리친다

챙모자 밑으로 백발이 성성한 아들,
치매 노모의 발이 뒤엉킬세라 땅만 보며 걷는다
흘러내린 안경을 연신 콧등으로 끌어올리며
귤을 까서 한 조각씩 나눠 먹는다

새참 광주리를 이고 환하게 웃으며
논둑을 걸어 다녔던 어머니,
쉰다섯에 남편을 잃고 혼자 농사지어 십 남매를 길렀다

누구슈? 왜 따라댕겨유?

엄니 큰아들이잖유
추워유 깜깜해져유 인제 집에 가유

싫어, 니나 가, 난 저기 갈 껴!

저기, 저 깜깜하게 어두워지는 벌판 끝

정방폭포

흰 비단 폭을 늘려 무지개를 수놓는 줄만 알았던
아집我執의 파편들 소沼에 가득하다

그 소沼를 떠나 객지를 헤매다가
어느 절벽의 끝에 몰렸을 때
까마득한 벼랑 아래 어머니가 서 있었다

정방폭포가 앞자락을 벌려
내 울음과 상처들 끌어안는다

덥석덥석 안기는 폭포,
순간 바다가 된다

삼대三代

늦은 밤 친정엄마의 전화를 받는다

내일 한파 온단다
베란다 고구마 상자 들여놔라,
네, 내일은 엄마도 밖에 나가지 마세요

나도 시집간 딸에게 전화한다

내일 엄청 춥다는데 아침 거르지 말고
옷 단단히 입고
베란다 화분도 들여놔라,
네, 엄마도 감기 조심하세요

엄마의 말은 자꾸만 새끼를 친다

합방合房

결국, 한 줌이었다
퉁퉁 부어오른 팔다리, 눈만 끔벅이던 사촌 올케
오늘 재가 되었다

딱 한 번 아기를 품었다 놓친 자궁에
업둥이로 들어온 딸, 빈자리를 채웠다

남편을 마음 밖에 두고
한집에 살던 첩과 형님 아우 구순했다
첩이 첩의 꼴 못 보고 집을 나가자
버리고 간 아들 둘, 젖샘도 없는 가슴으로 품었다

칠순에 들어 삼십 년 전 수술한 유방암 자리가 덧났다
다 타버린 가슴 언저리 남은 뼈가 녹아 흘렀다
뒤늦게 병원 침상으로 돌아온 남편,
불쌍하다고 미안하다고
화장한 뼈를 간직했다가 자기가 죽으면 합장한다니,
젊어서부터 각방 쓰던 종갓집 맏며느리 이제야 합방合
房인가

영정 속에서 그녀가 고개를 절레절레 흔든다

패스 패스

기어를 중립에 놓는다 서서히
자동세차라인으로 빨려 들어간다
재빨리 창을 올린다
한밤중 뒤따라 온 구두 굽 소리를 피해
엘리베이터 문을 닫던 순간처럼 갇혔다
터널에서 쇠와 쇠가 부딪치는 소리 빈 드럼통 굴러가
는 소리
비누거품이 쏟아진다 물세례를 받는다
기중기 집게만 한 솔이 회전하며 자동차 지붕을 사정
없이 두드린다
밤이면 베개를 껴안고 신혼 방을 노크하던 시어머니,
예수 귀신 붙은 여우가 아들을 홀렸다고 퍼붓던 욕설
처럼
물줄기와 거품들이 차창에 치덕치덕 달라붙는다
사방이 막힌 곳,
나는 양손으로 팔꿈치를 감싸고 앉아 있다
배다른 시숙과 손잡은 시누이의 시기猜忌같이 바퀴에
휩쓸려 온
먼지와 가래와 껌딱지는 분사된 거품 속으로 사라졌을까

58

휴대폰의 수신 표시등이 깜박거린다
손톱을 물어뜯다가 심호흡을 하다가
멀거니 휴대폰을 바라본다
마른 걸레와 커다란 드라이어에 물방울들이 말려 올라
가며 마르는 동안
터널 끝에서 초록 안내 등이 나를 부른다
나는 당차게 액셀러레이터를 밟을 수 있을까
더 말아먹을 것도 없는 집안을 말아먹었다는 누명을
씻은 여우,
모든 던전*의 구렁에서 탈출
패스!
패스!

* dungeon : 중세의 성안에 있던 지하 감옥

하모 하모

장마 지나고 통영 앞바다에서 낚시로 잡은 갯장어
모래 진흙과 암초 사이 물살을 이기고
제주에서 서해로 오르다 미끼를 덥석 물었다

서호시장 수족관,
삼각형 회백색 주둥이 속에 날카로운 송곳니를 숨기고
긴 몸을 좌우로 흔든다
육질이 단단하고 쫄깃쫄깃하다는 소문,

예리한 송곳이 검은 눈을 내리찍자
머리가 도마에 박혀 순식간에 거죽이 벗겨진다

초고추장 들깻가루 갖가지 채소에 비벼 먹으라고?
하모 하모
씹을수록 고소하고 은근한 단맛이 매력이라고?
하모 하모

나는 지금 긍정과 부정 사이를 오간다

이 뽀얀 살 한 접시,
그 멀고 험한 물길을 다 생략해버렸다

3부

금어초가 썩고 있다

　진찰실 문이 열릴 때마다 사람들은 금붕어를 닮은 꽃을 본다
　에어포켓 같은 접수대 유리병 속에서 주둥이를 뻐끔거리는 금어초
　간호사가 날렵한 손끝으로 주사기를 챙긴다
　시간이 링거병 뚜껑처럼 열렸다 닫힌다
　4월의 초록 잎과 줄기를 감싸고 있는 이끼들
　나는 왼쪽 목밑샘을 어루만지던 손으로 붉은 립스틱을 덧바른다

　전광판이 껌벅이며 내 이름을 부른다
　의사는 오늘도 의자에 앉으라는 짧은 턱짓을 한 후 컴퓨터 화면을 본다
　안경테에 걸친 몇 가닥의 머리카락이 헝클어져 있다
　갑상선 조직 검사 결과를 확인하는 마우스 소리가 방 안에 꽉 찬다
　내가 마른 침을 삼키는 동안 벽시계의 초침이
　3초와 4초 사이를 지나간다

내일은 부활절,
금어초의 썩은 대궁을 잘라버리면 화사한 꽃은 어떤
몸에 기댈까
수술을 거부하는 마음으로 다음 날짜를 예약한다
한 손으로 빗장뼈를 감싼 채 처방전을 받는다
3초와 4초 사이를 지나갔던 시간이 꽃병 안에서 흘러
내린다
대기실의 눈들이 진찰실에 쏠려있는 동안
꽃들도 흐물거리며 자꾸만 녹아내린다

8월

공원 파라솔 아래
압력솥이 옥수수를 삶고 있다

칙! 칙! 칙!

꼭지가 돈다
거대한 바퀴 굴러가는 소리

저 압력 속 소용돌이

……
솥이 물렁물렁해지고 있다

월곶月串

낚시꾼들이 포구에서 만삭인 망둥이를 낚아 올린다
활어를 회 쳐 먹는 식욕이 성욕을 낳고
연인들은 부둥켜안고 월곶月串으로 가며 자꾸 바다에
빠진다
모텔이 즐비하고
매스컴에서는 자주 십 대들의 낙태를 말한다
몰래 낳아서 버리는
아무도 그들을 막지는 못한다
태아들이 자꾸만 물고기 밥이 된다
달이 뜨면 수면 위로 솟구치는 울음이 둥둥 떠다닌다
몇 해 전 자궁벽에 누룽지처럼 말라붙은 내 아기도 운다
태어나지 못한 울음이 여전히 물속에서 흔들린다
엄마, 엄마, 부르며 파도가 친다

말발

남편과 말다툼을 하고 소래포구에 왔다
비린 바람이 내 겨드랑이를 한 바퀴 돌아 나온다
소주판을 벌리고 난간에 돗자리를 깔고 둘러앉은 사람들
갈매기는 정박한 뱃머리에 앉았다 날았다
날개를 어지럽게 펄럭인다
횟집마다 목청을 높이는 호객 소리,

삼치가 한 마리 만 원, 두 마리 만 오천 원!

조릴 거에요, 구울 거예요?
아뇨, 자르지 마세요
말이 끝나기도 전에 내 말꼬리가 잘린다
멀쩡히 눈 뜬 생선 대가리가 뭉텅 떨어져 나간다

아니, 아줌마! 그렇게 막 자르면 어떡해요
아줌마라뇨, 노처녀라니깐!
여자가 능글맞게 웃으며 피 묻은 칼을 내리친다
나도 내 겨드랑이를 저 칼로 내리치고 싶다
생선이 세 토막 네 토막씩 잘린다

내장과 함께 쓰레기통에 버려진 대가리
나는 문득 바람을 타고 먼 바다로 나가는 바닷새가 되
고 싶다

기분이다, 한 마리는 덤, 대신 이천 원만 더 써요
아깐 만 오천 원이라더니
아, 한 마리 더 얹었잖아요
그럼 만 육천 원, 둘이 천 원씩 양보합시다
소금 뿌렸으니 낼 아침에나 씻어요
여자의 입술에서 비린내가 쏟아진다
나는 토막 난 삼치 봉지를 들고 질척한 어시장을 빠져
나온다

삼치가 세 마리 만 원, 싸요 싸, 막 줘요 막!
소래어시장 여자 고함이 내 뒤통수를 마구 후려친다

무작정

그날 무작정 내리는 눈처럼 당신은 내게 왔지요
눈 한 번 끔뻑거렸을 뿐인데
눈이 녹듯 약속도 없이 무작정 당신은 가버렸지요
내리는 봄비에 사월이 흩날렸는데
오늘은 봄의 틈으로 뛰어든 사월의 눈
진눈깨비 내리는 길을 무작정 걷고 싶어요
눈발은 백목련 봉오리에 쌓이고
저 멀리 내가 가야 할 길이 희미하네요
사거리에서 오도 가도 못 하는 날
어깨가 굳어 팔이 펴지지 않아요

나는 지금 무작정 길을 잃어버렸어요

농부 시인 김종옥

농부 시인 김종옥 강화에 세 들어 산 지 십일 년
한동안 병든 시아버지의 손발로 살다가
지금은 늙은 풍산개 수발에 외박도 못 하는 친구
넓은 도장리 벌판을 내려다보며
별들과 바람 소리 풀벌레와 더불어 농사짓는다
집은 온통 풀과 콩과 꽃들이 어우러진 고려풍의 전원
조와 콩을 널어놓은 마당에
마티즈 승용차 몇 번 오가니 알곡이 다 떨어진다
그게 탈곡이란다
배추밭 안쪽에 국화를 심은 이유,
동네 어르신들 눈에
꽃이나 심었다고 흉잡힐까 봐
조심스러웠다는 그녀의 말
비닐하우스 창고에는 옥수수 쑥갓 상추 파 씨와 꽃씨
들이 널려 있다
구석에는 올가을에 캔 고구마가 가득하다
유배지인 듯 요양원인 듯,
현관에 들어서니
입구부터 빼곡하게 꽂힌 책들
거기 한쪽 구석에 나를 꽂아두고 나온다

내용증명

외출에서 돌아오니
현관에 등기우편 찾아가라는 쪽지가 붙어있다
내용증명이라 본인이 직접 우체국으로 오란다

내용증명?
무슨 내용을 증명하라고?
교통 위반 딱지?
잊어먹고 안 갚은 빚이 있었나?

오만가지 생각이 엉킨다

이튿날 우체국 가는 길은 스산하다
서리 깔린 보도블록은 미끄럽고
 바람이 길모퉁이에 쌓인 낙엽을 자꾸만 내 발밑으로
밀어놓는다
 목덜미에 오소소 한기가 돌고
 지나는 사람들이 다 나만 보는 것 같다

 신분증을 제시하고 기다리는 짧은 시간,

침이 마른다
건네받은 봉투 하나
남동구 만수2동장 박규자
중앙도서관 운영위원회에서 만난 사람이다
관공서 봉투라서 내용증명인데,
열어보니 출판기념회 초대장이다

아무래도 내가 의심스럽다

내 속에 감방 하나 있다

저녁 무렵

저녁 무렵 순댓국집에서 K가 나를 불렀다
그의 제자인 C와 J
시詩가 궁금한 핫팬츠와 꽁지머리와 베레모
시는 아픔에 대한 공명이야,
C는 그 말을 순대 썰 듯 자른다
J도 동그란 눈을 껌벅이며 내가 한 말을 곱씹는다
뭐 대단한 먹을 거라도 되는 양 반짝거리는 눈빛들
순대 속을 채우듯 자기 속을 꽉꽉 채운다
맛있게 드세요, 여종업원의 말소리
나긋나긋 입꼬리를 올린 말이 선지처럼 엉켜
말과 말 사이에 끼어든다
J는 국밥을 말듯 매일 시를 주무른다 하고
K는 첫째도 둘째도 기교라서
시에도 고명을 얹어야 한다고 혼자 열을 올리는 중이다
뚝배기 속에서 보글보글 생각이 끓는다
 바닥에 가라앉은 내장들이 솟구치다 한 번씩 몸을 뒤
집는다
 부추를 소담하게 얹은 육수에 새우젓을 넣고 숟가락으
로 휘저으며

무방비인 나는 몇 가닥 내 이미지를 마구 들키는 중이다
K에게서 더는 얻을 게 없다는 표정으로
C는 계속 나를 훔치러든다
마지막 국물을 뜨기도 전 내 곳간을 다 털겠다는 듯이

마루

새집의 원목 마루는 흠집이 잘 난다

이사 오던 날부터 뒤꿈치를 들고 걸었다
개수대 앞에는 새로 산 해바라기 무늬 천 매트를 놓고
화장실 문지방에도 마른 수건을 펼쳐놓았다
헌 담요를 두 겹이나 깔고 서랍장을 들였는데
주—욱 끌려간 자리 활시위처럼
길다

내가 살아온 이력 같다

나는 강아지 오줌에 절어 이음새가 들뜬 마루
칼끝에 찍힌 것처럼 중심을 헤집던 참소讒訴
눈먼 그는 윤기마저 사라진 마루를 흙발로 짓밟았다
발자국 무늬가 선명하게 찍힌 그 상처 위로, 쾅!
쇠갈고리가 여섯 개인 화분대가 쓰러졌다
움푹움푹
파였다

나는 아침저녁 무릎을 꿇고
생인손을 앓으면서도 관머리 같은 틈새를 어루만지고
무릎이 닳도록 마른 걸레질을 했다

난데없는 좌회전

벗꽃이 흩날리는 구월동 붉은 고갯길을 달린다
북성동 개발에 밀려온 사람들이 모여 살던
무허가 판잣집 그때부터 직진만 허용한 길
황토가 많았다던 고개는 공원이 되고
연두란 연두를 다 모아 졸인 듯한 빛깔로 좌회전 신호
가 켜진다
직진 차선에서 좌회전이라니,

시청 앞길은 왕복 이차로의 직진
봉화 춘양 금강송 가로수를 왼쪽에 두고
광장에는 매연이 가득하다
저 좌회전 신호를 따라가면 벨트공원이 이어질까
아니 이팝꽃이 튀밥처럼 날리는 길이 있을까
검은 선글라스 사내 클랙슨이 등을 떠민다
나 얼떨결에 왼쪽으로 핸들을 돌린다

난데없는 꽃길이다
붉은 꽃잎이 헤벌쭉한 해당화, 흰 모가지가 꼿꼿한 개
망초

금계국이 노랗게 번진 고갯마루를 지나간다
철근을 잇고 때우고 판자로 막은 인천지하철 2호선 공
사 현장
덜컹거리며 기우뚱거리며

집으로 가는 길은 점점 멀어지는 중이다

퍼즐 맞추기

아이가 쪼그려 앉아 동물의 왕국 퍼즐을 맞춘다
머리와 몸통 팔다리 눈동자 손가락 한 마디 반쪽짜리
나뭇잎…
방바닥에 흩어진 퍼즐을 고르느라
아이는 무릎과 턱을 동그랗게 말고 있다
밑그림에 꼭 맞는 것이어야 한다
엄마가 옆에서 테두리를 둘러주자
그 안에 커다란 사자의 얼굴을 찾아 끼우고
머리카락과 수염과 꼬리를 끼운다
가끔 언덕 너머 사막을 맞추기도 한다
울퉁불퉁한 자갈길을 맞추다가
꽃길을 맞추다가
불쑥 뱀 한 마리 똬리 틀었다
발목이 빠지는 늪, 피할 수는 없다
아이는 퍼즐의 밑그림을 놓고 골똘하고
찢어질 듯 입을 벌린 악어 한 마리 늪에서 기어오른다
놀란 물새 떼 날아오르고
하늘에는 커다란 독수리가 떴다
그 날카로운 발톱을 찾느라 엎드려

콧잔등에 땀이 송송 맺힌 아이,
저 넓은 초원을 다 맞추려면
밑그림의 배경背景까지 볼 줄 알아야 한다

장도獐島

노루가 자주 지나다녔다는 길목
그 옛날 사냥꾼들은 노루목에 덫을 놓았다는데

지금은 소래포구 장도獐島 나무 계단 중턱에
빗자루병에 걸린 대추나무 한 주 머리가 뒤엉킨 채 서
있다
전쟁 통에도 푸른 이파리 사이 자잘한 흰 꽃을 매달고
가지 끝에 무더기로 열리던 대추들
맞은편 산오디도 말라붙은 젖꼭지처럼 오디 하나 매달
았다

꽃 피우지 못하는 대추나무 아래
고양이 한 마리 갈매기 소리로 운다
무덤처럼 솟아 이양선을 노려보는 포대
대포 구멍 너머 물결이 흘러간다
포구에 발이 묶인
물때를 놓친 배들은 노숙자처럼 잠들었다
빈 배 가득 어둠이 들어차는 시간
여기저기서 가로등이 켜져 노루목의 그림자를 지우고

있다

　새로 놓인 수인선 다리를 비켜서 바닷물이 흘러가고
　노루목에 노루는 없고 사냥꾼도 없고

　그 옛날 소래철교를 찾는 발소리에 체머리 흔드는
　미친 대추나무 한 주 서 있을 뿐이다

타임아웃

아버지, 제발 조금만 기다려주세요

박사 논문 최종심에 통과했다는 말을 듣고
장하다 내 딸 최고다
그날로 돌아간다면 나는 이 부분을 수정할 것이다

심사 결과에 쫓기던 그때
아버지가 앓았던 말기 암을 모른 체하고
내 멋대로 시간을 늘리려 하지 않았을 것이다

황망한 내가 울며불며 병실에 도착하기도 전
아버지는 이승의 마지막 줄을 놓아 버렸다
모가지가 잘려나간 빈 수숫대처럼
무표정으로 말없이 병실 침대에 가로누운 아버지

때를 놓친 나는 그 앞에 무릎을 꿇었다
마른 수숫잎 같은 아버지의 볼을 어루만지며
그동안 동아줄 같았다고 감사하다고
이젠 무거웠던 끈을 놓고 자유로이 가시라고

작전상 타임아웃을 외치고 싶었지만
끝내 인저리타임마저 거둬가셨다

마을회관 돌잔치

세 번 결혼한 용규 아빠, 베트남 아내는 셋째를 낳고
마을회관에서 돌잔치 한다
현관문에는 알록달록 풍선이 꾸며지고 현수막이 걸리
고 이장의 안내방송에 수수모가지 콩포기 들썩거린다

베트남 태국 필리핀 몽골 러시아 음식을 한 가지씩 장
만한 돌상

노란 한복을 차려입은 돌쟁이가 아빠 팔에 안겨 잔다
돌잡이 타임, 선잠을 깬 아기가 마이크를 잡아 입으로
가져간다
마이크 속에서 옹알옹알 알 수 없는 다국적 말이 쏟아
진다

맵고 짜고 시고 단 음식을 나누고
피부가 다른 낯선 말들이 뒤섞인다
카메라를 붙잡고 콧노래를 흥얼거리는 까치발이 만발
한 웃음을 찰칵찰칵 찍는다

콩밭 매고 메주 쑤고 무도 뽑고 배추도 묶은 품팔이
푼푼이 모은 통장을 베트남 며느리 손에 쥐여 주는 용
규 할머니
잔치에 왔다 가는 손에도 강화 텃밭의 참기름 한 병씩
들려 보낸다

온 마을이 고소하다

주酒님을 모신 종원이

가방끈이 짧은 죽마고우 종원이
늘 굶주린 사냥개 얼굴인 노름꾼 아비의 눈을 피해
작대기로 감나무 가지만 내리쳤다
살얼음판 미나리꽝을 들쑤셨다
아침에 보면 눈알이 벌게져 있었다
내 플레어스커트 교복 자락이 모래바람을 일으켰다

하굣길 탱자나무 울타리에서 기다렸다가
가재를 잡아준다고 끌고 가서는 도랑물을 휘저어놓곤
했다
육성회비를 마련하려고 적곡장에서 내가 사온 토끼
그 토끼가 새끼를 낳자
종원이는 연신 비릿한 손으로 토끼 새끼들을 주물럭거
렸다
그러자 온몸의 털을 세운 어미가
눈도 못 뜬 제 새끼들을 죄다 물어 죽였다

삼십 년 만에 제 아들 청첩장을 들고 나타난 종원이
제길 헐 안 죽고 살았던 겨,

주정꾼 아비의 사랑을 독차지한 형은 끝내 목사가 됐
다면서
바지선을 탄다는 그
누런 챙모자를 비딱하게 쓰고
언제 코 삐뚤어지게 술이나 먹자,
그의 흐릿한 말이 시외버스 엔진 소리에 뚝뚝 끊어진다

먼지가 풀풀 일어서는 횡단보도 앞에서
이팝나무 가로수가 하얗게 휘청거린다
그 억센 손을 잡고 흔들며 악수할 동안에도
중얼중얼 혀 꼬부라진 안부는 끝이 없고
보도블록 틈새 소리쟁이가 그의 가랑이 아래서 비틀거
린다

4 부

둥근 혀

새벽의 속살은 푸르고도 불그스름하지요
심해를 거슬러 와 막 뭍에 오른 듯한
저 구름 떼 좀 보세요
문득 열린 바다 문
오, 커다란 고래 한 마리 울컥
산홋빛 둥근 혀 하나 낳았어요
밍크고래 그 물렁한 속살 같은
사흘 밤낮 저 혀끝에 엎드린 선지자 요나 같은
부활復活, 불덩이가 솟구쳐요
내 안에서 마구 번져요

뱀딸기

양지바른
언덕배기

초록 잎사귀에
뚝 뚝
붉은
숲의 초경

혀를 날름대며
기어가는

독 오른
뱀 한 마리

숲, 자지러지다

아침 숲이 들썩인다 참새 떼 찔레넝쿨 오락가락 쇠구슬 굴리고 산비둘기 품은 소나무 몸 비틀고 까마귀는 버드나무 꼭대기에서 왕벚나무 꼭대기로 부산하다 청회색 머리 황조롱이 눈을 휘둥그렇게 뜨고, 찌이익 찌이익 직박구리의 교성, 진갈색 긴 꽁지와 날개를 부챗살처럼 펼쳐 펄럭인다 떡갈나무 이파리 펄렁 들썩들썩 숲이 한꺼번에 자지러진다

목을 외로 꼬고 길바닥에 질펀하게 궁둥이를 붙인 향나무 털여뀌 허리를 툭툭 치는 각시원추리, 멀리서 지켜보던 까치 한 마리 헛기침하며 날아온다 비탈에 서서 괜스레 노간주나무를 더듬는 머루순 쪼아댄다

개나리

겨우내 죽은 듯이 휘어져 있다가
봄볕을 깔고
해산하는 저 여인

젖이 찌르르 도는 봄날
허공에 금줄 걸어 놓고
잠깐 머물다 갈 집

개나리 담벼락을 지날 때
첫국밥 뜨는 소리 들린다

낙과落果

젖살이 오르듯 복숭아 살이 차올랐다
탱탱하게 불어난 과육 터질 것 같았다
쿵쾅쿵쾅 심장박동 북소리 같았다
벌레 구멍으로 단물이 흘렀다
향기가 진동했다

꼭지가 짓물러도 나무는 속수무책
계류유산처럼 떨어진 복숭아
잡풀 사이에서 아직 발그레하다
가지의 빈자리 휑하다
어질어질한 나무
시퍼런 이파리 나부끼며
빗소리처럼 울어댄다

참새

공원에서 둥글게 말린 것
공처럼 통통 튕기다가
후루룩 말려서 던져지는 것
하늘로 날아오르는 것

다닥다닥 굴참나무 새잎으로 피어난다

이 가지 저 가지에 열린
아람이 휙 떨어진다

공원의 귀가 열린다

자벌레

앵두나무 가지 자벌레 한 마리
조금씩 조금씩 앞으로 간다
머리를 꼿꼿이 세우고
주변을 휘휘 둘러본다

앵두가 익는다

다시 간다
쉬지 않고 끝까지 곧게 간다
막다른 길,
고개를 갸웃거리더니
셈이 틀렸다는 듯
후퇴한다

앵두 한 알 떨어진다

낭떠러지다

어스름 속

빗방울이 막 벙그는 백련 송이 헤집는다
가지가 휘청, 그것들 앞가슴 마구 풀어진다
백련나무 뒤 오래된 건물 회벽이
영화 〈파이란〉의 세트처럼 밝아진다

어스름 속 비둘기들 오 층 난간에 앉아
구욱구욱구욱…
빗방울에 맞춰 구욱구욱구욱…
사라지는 것들을 애도하는
저 낮은 곡소리

빗물에 백련白蓮 한 송이 떠내려간다

생존의 법칙

이른 아침 공원의 비둘기 떼, 보도블록 위에서 사람의
발길을 두려워하지 않는다 무리에서 벗어난 두 마리 잔
디밭에서 뾰족한 부리 끝을 딱딱 맞추고 있다 잿빛 비둘
기는 입맞춤에 열중이고 흰 비둘기는 고개를 모로 꼬고
자꾸만 엎드린다

무리 속에서 검은 비둘기 깃털을 부풀리며 달려온다
떼굴떼굴 굴러오는 럭비공 같다 순간 공기가 싸늘해진
다 다짜고짜 잿빛 비둘기 대가리를 쫀다 그 옆에서 부리
를 땅에 박고 바들바들 떠는 흰 비둘기

분수대 쪽에서 한 노인이 옥수수 알갱이를 뿌린다
옥수수가 햇빛을 받아 반짝인다
퍼진다

금빛 옥수수 알갱이 한 움큼, 일제히 비둘기 떼를 허
공으로 들어 올린다

칡꽃

저 손바닥 상수리나무 목 잡았다
오르지 못할 비탈은 없다
이파리 사이 꽃등이 주렁주렁
바람이 불어도 꺼지지 않는다
보랏빛 향유를 채운 꽃잎
촉촉한 이슬방울들
저 동그란 이슬은 잉걸이다

여름이 활활 타오른다

증거인멸

하늘로 치솟는 제주 주상절리 오각형 기둥,
청년 셋이 올랐던가
웃으며 서로 사진을 찍어주느라 이 바위에서 저 바위로,

순간 예고 없이 큰 너울이 덮쳤던가
그 자리 텅 비었다

물거품이 부서지고 그들이 사라진 자리
바위기둥만 덩그렇다

방금 찍던 눈앞의 풍경과
카메라와
V자 쉼표는 어디로 갔나

아무 일도 없었다는 듯 한발 물러선 바다
시치미떼고 잠잠하다

사람들이 달려와 밧줄을 잇고 스티로폼 상자를 던지고,
바다는 불현듯 하얀 낯빛을 검푸르게 바꾼다

절벽 아래
스티로폼 조각만 너울너울 떠다니고 있다

산굼부리

제주시 조천읍 왓* 한 군데가 주저앉은 화구
백 미터도 넘는 벼랑 위에서
키 작은 딱지꽃이 바람에 흔들린다
키 큰 억새는 머리를 풀고 산굼부리 속을 들여다본다

언젠가 네가 버린 마음처럼 움푹 파였다
시퍼렇다

빗물조차도 고이지 않던 나의 심장
뭐든 삼킬 블랙홀
하늘마저 저기 빠지면 나올 수 없으리라

땅속에서 끓어오르는 어둠을 감싸 안은 검은 주머니에
붉가시나무 서나무 나도밤나무 야생란이 자란다
갇힌 노루와 오소리가 뛰놀고 뱀이 기어 다닌다

저렇게 밑바닥에 가라앉아봐야 천 년을 버틸 수 있다

바람은 잠잠하고 해지는 능선은 고요한데

휙뚜르휙 깍깍깍…
까마귀들은 끊임없이 무슨 기도가 저리 간절할까

문득 치솟는 새 떼
하늘 높이 방점을 찍는 까마귀들

날개를 펴고 깊은 싱크홀에서 빠져나왔다

* 제주방언, 벌판(넓은 밭)

길상산吉祥山에서

까투리가 깃털을 세운다
날개를 질질 끈다
눈알을 부릅뜬다
등산로에 떨어진 삭정이를 부리로 찍다가
주춤 물러선다

어미 등 뒤에서
꺼병이 예닐곱 종종 줄지어 간다
검은 세로줄 무늬 비칠거린다
두리번두리번
우왕좌왕
꼬불꼬불
걷는다

졸참나무 위에 황조롱이 떴다
비상이다
바위턱 길섶,
칡넝쿨이 손사래 치고
애기똥풀 샛노랗다

잔가시가 촘촘한 환삼덩굴 아래
꺼병이들 쏙쏙 들어간다
반대편에서 푸드덕거리던 까투리,
잽싸게 사라진다

구두 속의 꽃잎

빗물이 반쯤 고인 구두에
벚꽃잎 둥둥 떠다닌다

저 연분홍 꽃잎들 구두를 신고
어디로 가려는 걸까

성장 서사와 그 이면

손 진 은(시인·경주대 교수)

이번 시집에 실린 류인채의 시들은 새로운 서정이라 부를 만한 독자적인 시정詩情을 확보하고 있다. 지난 시집들이 견고하면서도 내밀한 서정을 보여주었다면, 이번의 시집에서는 자신과 가족, 이웃들의 지난 삶을 오늘의 시점에서 풀어내는 특징을 지니고 있다. 여기에는 좀 더 넓은 세계와 교신하려는 그의 시 세계의 변모를 추론하게 한다. 그 스토리 속에서는 가볍지 않은 감각과 유머와 여유, 기지와 해학들이 어우러지면서 대상을 넓게 품어 안으려는 의지가 느껴진다.

우선 이번 시집에서 두드러지게 나타나는 특징으로 우리가 고찰할 수 있는 것은 에로티시즘과 결합된 관계적 사유, 생태철학 같은 것이다. 그의 서정의 자장 안에는 모든 존재가 유기적으로 연결된, 관계망을 향한 풍요로운 상상력이 깔려 있다. 그런 열린 시각이 이번 시집의 시편들에 들어오면서 새로운 서정을 만들어 가고 있다.

며칠 전부터 몽이는 바깥을 향해 꼬리를 쳤다
유리문 밖에 선 잡견 덕구도 안절부절
두 놈이 주고받는 눈빛에
마당 가 앵두나무 후끈 달아올랐다
해반죽 복사꽃도 저만치서 눈을 흘긴다
그녀가 문을 살짝 여는 순간
잽싸게 뛰어나간 몽이
시클라멘 사기 화분이 박살 나고
제라늄 로즈버드가 계단에 흩어졌다
다리가 여섯 몸이 하나인 연리지
밭두렁이 들썩들썩 냉이 꽃다지 자운영이 화끈화끈
돌멩이가 구르고 바람이 비껴가고
담벼락은 고개를 숙이고
봄 물결 찰랑대는 개울가
버드나무 젖꼭지 흐벅지고
펑펑 복사꽃 터진다

　　　　　　　　　　　　　　　-「펑펑 복사꽃」 부분

밤나무 기둥에서 수컷의 냄새를 맡는다
맥문동 보랏빛 불두덩 같은 화단을 지나
박꽃으로 핀 보름 밤,
암컷과 수컷이 서로의 꼬리를 물고
마주 보다가
핥다가
한몸으로 얼크러진다

　　　　　　　　　　　　　　　-「밤꽃」 부분

110

앞의 시에서 풍산개 몽이는 유리문 밖에 선 덕구와의 연애에 몰두해 있지만, 화끈 달아오른 몽이와 덕구의 눈빛은 마당 가 앵두나무를 달아오르게 하고, 조금 떨어져 있는 해반죽 복사꽃도 눈을 흘기게 한다. 몽이와 결합한 연리지를 다리가 여섯으로 만들고 밭두렁을 온통 들썩이게 하고 냉이, 꽃다지, 자운영을 화끈하게 하고 봄 물결 찰랑대는 개울가까지 번져 버드나무 젖꼭지, 복사꽃마저 터지게 한다. 그뿐이 아니다. 사기 화분, 돌멩이, 담벼락 같은 무생물, 나아가 온 대기의 기운까지 그 기운을 퍼뜨린다. 전체와 부분에 대한 사유가 만상의 그물처럼 얽혀 특유의 시적 긴장과 함께 봄날의 천지를 물들이는 진경을 만들고 있다.

뒤의 시 역시 세계는 서로 연결되어 있는 관계의 그물망이라는 서정적 인식에 기초하고 있다. 발정 난 암고양이는 밤나무 기둥에서 수컷의 냄새를 맡고 암수가 한몸으로 얼크러지지만, 그 기운에 의하여 "꽃들의 자궁도 무르익어" 가는 것이다. 밤나무와 고양이는 한 치도 떨어져 있지 않다. 확실히 시인의 시가 달라진 지점이다. 재미있는 것은 이웃과 시적 자아 역시 이 그물망에 속해 있다는 점이다.

삼 년 전 여름, 말더듬이 아들이
쏟아내던 말 속에서 붉게 피던 꽃,
제초제를 뒤집어쓰고서도 그예 붉던 꽃,

미쳐서 동네를 떠돌던 그의 딸도
저렇게 마당으로 돌아왔다지
화사해졌다지

그 아이 초경 빛깔로 되살아난 봉숭아
혼자 남은 구씨마저 떠났어도
여전히 담장 밑에서 화사하게 피어있는 꽃,
줄기에 촘촘한 씨방 가득
빈집의 내력을 조랑조랑 매달았다

봉숭아 봉숭아

쪽마루 밑 귀뚜라미 울음이 빈집의 사연으로
봉숭아 꼬투리에서 툭툭 터진다

                                     ―「구씨네 빈집」 부분

우리 정말 얘기만 할 거지?
응, 오빠만 믿어,
돌연 빨판 같은 입술이 내 말을 덮쳤어
순간 그가 처음으로 내 몸을 열고 들어왔어
아랫배를 감싸고 울자 그는 더 큰 소리로
글쎄, 오빠만 믿으라니까,

아침에 창문을 여니 태극기가 바람에 찢어질 듯 펄럭였어
비로소 스물한 살이 해방된 거래
나는 오빠만 믿다가 눈도 코도 없는 아침을 낳고

마침내 여자가 되었지

그날, 광복절 태극기가 온종일 나부꼈대나 어쨌대나
– 「광복절 아침」 부분

앞의 시는 화자와 같은 마을에 살던 이웃의 이야기를 서사로 하고 있다. 봉숭아는 그 집안의 서사를 잡아내는 핵심적인 화소로 등장한다. 말더듬이 아들이 쏟아내던 말과 미쳐서 동네를 떠돌던 딸의 모습은 모두 봉숭아의 개화와 관련성을 맺는다. 마침내 혼자 남은 구씨마저 떠났어도 봉숭아는 빈집의 내력을 매단다. 귀뚜라미 울음마저 빈집의 사연으로 봉숭아 꼬투리에서 툭툭 터진다. 봉숭아의 꽃과 씨앗은 집의 모든 과정과 연관을 맺으면서 함께 성장하고 소멸하는 것이다.

뒤의 시는 에로티시즘과 유머가 한껏 결합된 가편이다. 류 시인의 시가 그만큼 자신에 정직하다는 것을 반증하고 있지만, 이 시에서 눈여겨볼 부분은 아무래도 광복절이라는 의미가 반전을 이루고 능청과 유머, 해학과 재치가 넘치는 생기 있는 구절들이다. 이런 시들을 보면 류 시인은 확실히 이야기꾼의 기질을 타고 난 듯하다. 생각지도 못하고 일을 치른 스물한 살의 서사를 이처럼 능청맞게 처리할 수 있다니! 해학과 재치가 넘쳐 읽는 맛을 배가시킨다. 2연이 특히 그렇다. 일을 치른 그다음 날 아침은 마침 광복절이었고, 바람이 많이 불어서 태극기가 찢어질 듯 펄럭였다. 그래서 화자는 어이없게도 눈도 코도 없는 아침을 낳고, 마침내 여자가 되었다는 것이다. 기지와 넘치는 아이러니로 문장을 매끄럽게 수습해나가는 솜씨가 일품이다. 세계는 끊임없이 균열하면서 넓어진다. 그렇게 바깥세계와 교신하면서 자아는 성장을 거듭하게 되는 것이다. 에로티시즘과 해학이 이 정도라면 충분히 독자들의 마음을 녹일 수 있지 않은가. 결국 이 시는 화자가 좀 더 넓은 바깥세계와 교신하면서 '다시 새로운 빛을 보는 날'(光復節)의 성장 서사의 모습으로 읽힌다. 이 시 역시 류 시인의 다른 시들과 마찬가지로 '나'는 세계의 부분으로 존재하고 세계는 '나'를 끌어당기고 있다는 관계적 사유에 기초하고 있음은 물론이다.

이 시처럼 시적 관심이 자신과 그 주변(부모와 가족 등)으로 향할 때는 성장 서사로 읽히는데 그런 시 세계가 이번 시집의 가장 중요한 부분을 이루고 있다. 이전 시집에서 그런 부분이 읽히지 않은 것은 아니지만 이번 시집에서는 그것이 두드러지면서 시 세계가 확장되고, 깊어지고, 원숙해졌다. 필자는 그 과정을 지켜보면서 시인의 성장 서사에는 인천, 특히 동인천의 당시 모습도 고스란히 품으면서 한국시에서 인천 문학의 중요한 자산이 될 수 있을 것이란 생각도 든다. 동인천은 우리나라에서 가장 먼저 개항한 곳이다 보니 근대문화를 느낄 수 있는 곳이 많다. 그런 배경들이 시인의 시에 배경으로 작용하고 있다.

월미도 2함대 하얀 세일러복의 갈매기들과 골목골목 검은 교복의 펭귄 떼가 쏟아져 나오던 인현동, 대동학생백화점 이 층 분식집에서 올리비아 뉴튼 존의 Let me be there와 Physical이 흘러갔다 부지런히 엘피판을 고르던 DJ를 훔쳐보고 대한서림에 가면 트리나 폴러스가 노랑나비로 꽃들에게 희망을 주던 80년대의 오후,

6·25 이후 미군 부대 물건들을 팔았다는 송현동 양키시장 거북이 등딱지 같은 진열대 희미한 알전구 아래 낯선 몰골로 웅크리고 앉은 허쉬초콜릿 양과자 코티분 청바지는 누구를 구제했던가, 배다리 흙바닥에 참외와 수박을 쌓아 놓고 땅거미 지도록 손님을 기다리던 청과물상회, 좁은 골목마다 지붕을 맞대며 처마를 쪼개 쓰던 만석동 괭이부리말, 1·4후퇴 때 밀려온 피란민들 가난한 노동자들이 개발에 떠밀려 뿔뿔이 흩어지고 그 자리에 고층아파트가 들어섰다 그림을 잘 그리던 깜순이 영미는 스물셋에 수원댁이 되고 가위손이 되고 철길 쪽방촌에서 경인선 전철이 덜커덩거리는 소리보다 더 크게 노래하던 명숙이는 시집간 지 팔 년 만에 혼자가 되어 국밥집 국자가 되고, 내 열아홉은 싸리재를 지나 배다리를 지나 송림동 골짜기를 넘어 구월동 붉은고개에 이르러 질그릇이 되었다

그날의 동인천은 먼지 하나 쌓이지 않고 낡지도 않고 전철은 오늘도 변함없이 삼치구이와 쫄면과 계집애들의 재잘거림을 실어 나르고 있다

—「동인천역」 전문

시인이 자신의 지난 삶을 돌아보는 과정에서 벗들의 삶을 함께 톺아본 시편이다. 동인천역을 중심으로 80년대 혹은 그 이전 인현동, 송현동, 만석동, 송림동, 구월동의 지난 역사가 고스란히 드러난다. 그럼에도 여전히 월미도 2함대, 대동학생백화점, 대한서림, 올리비아 뉴튼 존, 트리나 폴리스, 송현동 양키시장, 만석동 괭이부리말, 철길 쪽방촌, 싸리재, 배다리 등은 시인은 물론 이 시에 등장하는 친구들을 포함하는 중년들에게 당시 추억을 새록새록 떠올리게 하는 소재들이다. 그림을 잘 그리던 깜순이 영미, 노래를 크게 부르던 명숙이, 그리고 시적 화자 '나'의 열아홉 무렵, 그 이후의 삶도 함께 녹아 있다. 이는 '나'의 한 시절을 묶음으로써 그때 그곳에서 청춘을 보냈던 많은 이들의 삶이 되도록 한다. 아울러 독자들에게도 인천의 이모저모를 호기심 어린 눈으로 읽게 한다. "그날의 동인천은 먼지 하나 쌓이지 않고 낡지도 않고 전철은 오늘도 변함없이 삼치구이와 쫄면과 계집애들의 재잘거림을 실어 나르고 있다"고 했지만, 왜 변한 게 없으랴. 그러나 그만큼 그 시절의 기억이 선명하고 오늘날의 계집애 중의 하나가 꼭 그 시절의 '나'일 것이라는 생각이 이런 표현을 낳았다고 할 수 있지 않은가.

기억의 밑부분을 더 건드리면 다음과 같은 시가 터져 나온다. 거기는 남동생과 언니와 함께 살던 골목집, 사춘기 시절의 '나'가 들어 있다.

그해 겨울

늦가을까지 담장을 기어오르던 마른 담쟁이 넝쿨이 철조
망 같았다 녹슨 양철 대문을 밀면 어지러운 발자국들이 스
무 개쯤 돌계단을 내려가고 있었다 계단 중턱에 맞닿은 처
마, 처마 밑 들창, 지상과 맞닿은 창을 통해 발바닥과 먼
하늘을 보았다 쪽마루의 부엌과 바퀴벌레가 기어 다니던
방 한 칸, 남동생과 나와 언니와 언니의 백수 애인까지 끼
어들고 주말이면 동생 친구들이 대여섯씩 몰려와 석유곤
로 위에서 부지런히 라면을 끓이던 날들, 극장에는 닥터
지바고의 포스터가 붙고 나는 찬밥을 말아 먹으며 답동성
당의 종소리를 들었다 주인집 아들의 검은 가죽 잠바 옆구
리의 칼자국, 그 틈으로 밤꽃 냄새가 났다 그가 버린 꽁초
가 밤하늘을 가르며 포물선으로 떨어질 동안 나는 매일 뜨
개질을 했다 언니의 캄캄한 연애는 퉁퉁 불은 라면 같았고
오래 묵은 바위처럼 단단해지던 나의 사춘기, 나는 먼 세
상을 읽기조차 두려웠다
— 「애관극장 그 골목집」 전문

자수성가한 사람이라면 누구나 이런 비슷한 기억이 있
으리라. "쪽마루와 부엌과 바퀴벌레가 기어 다니던" "발
바닥과 먼 하늘을" 동시에 보던 방 한 칸에서 너덧 명 혹
은 그 이상씩 섞여 오글거리던 기억. "계단 중턱에 맞닿
은 처마" "지상과 맞닿은 창"이라 했으니 반지하 셋집이
었으리라. 거기서 매일 "뜨개질"하는 소녀는 '나'의 실존

117

이자 자화상이다. "오래 묵은 바위처럼 단단해지던 나의 사춘기"는 세계에 귀를 기울이고는 있지만, 아직 세계는 문을 열어주지 않아 자신을 닫아버린 유폐된 자아라 할 수 있다. 그 자아는 그러나 주인집 아들의 검은 가죽 잠바 옆구리의 터진 틈으로 나는 밤꽃 냄새를 맡으면서 조숙의 냄새마저 풍기고 있다. 닥터 지바고 포스터가 붙은 애관극장이나 "찬밥을 말아 먹으며 듣던" "답동성당의 종소리", 주인집 아들의 칼자국과 포물선을 그리며 떨어지는 꽁초는 내 속에서 들끓는 세계에 다름 아니다. 특히 당시 할리우드 최신영화를 상영하던 동인천 애관극장은 지금까지도 많은 관객을 끌어들이는 토종극장이며, 답동성당은 개항 당시 제물포 시대부터 오늘날까지 역사적인 건축물로 남아 있다는 사실도 첨부해야겠다. "먼 세상을 읽기조차 두"렵다는 말은 미개척지를 향해 나아가는 긴장을 감추고 있다는 말로 들린다. 사춘기는 그만큼 폭발 직전의 위태로움이 아니던가.

앞에서 언급했듯이 자신의 성장 서사와 함께 나타나는 것이 이웃과 가족의 삶이다. 그것은 시인이 예전과는 다르게 삶에 대해서, 늙음에 대해서 많이 생각하고 있다는 반증이다. 여기에는 "동인천에서 배다리로 가는 길목"에서 평생 신농종묘상을 하는 "칠십육 세 이병환 옹"(「이병환 옹」), "철거를 앞둔 저층 아파트 단지 공터"에서 "버려진 세간을 뒤적"이는 할머니(「개개비」)를 비롯한 많은 이웃, 특히 아버지의 삶과 죽음(「입춘」 「늦은 점심 약속」 「손」

「고등어」「거미줄」「황도」), 어머니의 삶(「동행」「정방폭포」「삼대」) 등이 대표적이다.

마누라와 두 아들까지 앞세운 황
뒤늦게 춤바람 난 여편네와 갈라선 장
이십 년 전 프레스에 잘린 손가락이 시리다는 김
그들의 병든 마음조차 말끔히 낫게 하는
저 불그스름한 미소
비법은 저 웃음이네

          − 「이병환 옹」 부분

벚나무들 부르르 진저리치고
홀가분한 아버지
햇살에 버무려져 환하다

          − 「입춘」 부분

그 저녁
고등어를 찢어발기던 자식들의 젓가락질
쫄깃쫄깃한 살을 다 발라먹고
아가미와 눈알도 파먹고
즐거운 밥상

뼈만 남은 아버지

          − 「고등어」 부분

그 소沼를 떠나 객지를 헤매다가
어느 절벽의 끝에 몰렸을 때
까마득한 벼랑 아래 어머니가 서 있었다

정방폭포가 앞자락을 벌려
내 울음과 상처들 끌어안는다

-「정방폭포」부분

「이병환 옹」에서 두드러지는 것은 몸의 쇠락, 인연의
끊김 같은 것인데, 그것을 시인은 "저 불그스름한 미소"
에서 보듯 비관적으로 바라보고 있지는 않다. 확실히 이
번 시집에서 류 시인은 우리 삶의 변두리에 있는 인물들
의 늙은 육체에 대한 세밀묘사를 많이 하고 있다. 그렇
다고 해서 그들의 생에 대한 조바심이나 심적인 부담이
큰 것 같지는 않다. 다만 그것이 아버지, 어머니에게로
향할 때는 연민과 비애의 무늬가 다소간 섞여 있다는 것
이 특징이다. 「입춘」은 병석에 계신 아버지의 옷을 터는
장면에서 우러난 감성을 시화한 작품이다. 유리창을 열
고 아버지의 "겨우내 묵은 살"이 떨어진 옷을 털 때 부르
르 진저리치는 버드나무와 햇살에 버무려져 환한 아버
지는 대비된다. 「고등어」는 종일 장사를 하고 돌아오신
아버지가 남긴 고등어 한 마리가 아가미와 눈알마저 파
먹는 자식들의 젓가락질 때문에 뼈만 남게 된 상황을 그
렸다. 그것을 시인은 자식들이 다 파먹어 "뼈만 남은 아

버지"라 하여 일생을 한 줄로 요약한다. 연민과 가책이 극대화되는 순간이다. 「정방폭포」에서 어머니는 절벽의 끝에서 앞자락을 펼쳐서 '나'의 울음과 상처를 끌어안는 존재로 등장한다. 절벽은 물론 객지를 떠돌다 맞닥뜨린 삶의 절벽이다.

그렇다면 사춘기(「애관극장 그 골목집」), 열아홉(「동인천역」), 스물한 살(「광복절 아침」) 무렵을 거쳐 온 시적 화자의 삶은 어디에 이르렀는가.

밤이면 베개를 껴안고 신혼 방을 노크하던 시어머니,
예수 귀신 붙은 여우가 아들을 홀렸다고 퍼붓던 욕설처럼
물줄기와 거품들이 차창에 치덕치덕 달라붙는다
사방이 막힌 곳,
나는 양손으로 팔꿈치를 감싸고 앉아 있다
배다른 시숙과 손잡은 시누이의 시기猜忌같이 바퀴에 휩
쓸려 온
먼지와 가래와 껌딱지는 분사된 거품 속으로 사라졌을까
휴대폰의 수신 표시등이 깜박거린다
손톱을 물어뜯다가 심호흡을 하다가
멀거니 휴대폰을 바라본다
마른 걸레와 커다란 드라이어에 물방울들이 말려 올라가
며 마르는 동안
터널 끝에서 초록 안내 등이 나를 부른다
나는 당차게 액셀러레이터를 밟을 수 있을까
더 말아먹을 것도 없는 집안을 말아먹었다는 누명을 씻

은 여우,
　모든 던전*의 구렁에서 탈출
　패스!
　패스!

*dungeon : 중세의 성안에 있던 지하 감옥
- 「패스 패스」 부분

헌 담요를 두 겹이나 깔고 서랍장을 들였는데
주-욱 끌려간 자리 활시위처럼
길다

내가 살아온 이력 같다

나는 강아지 오줌에 절어 이음새가 들뜬 마루
칼끝에 찍힌 것처럼 중심을 헤집던 참소讒訴
눈먼 그는 윤기마저 사라진 마루를 흙발로 짓밟았다
- 「마루」 부분

　「패스 패스」에는 자동세차라인에서 세차하던 몇 분간의 시간 속에 신혼 시절부터 지금까지 지나쳐 온 자기 삶의 억울함과 답답함이 한꺼번에 몰려오고 또 벗어나는 체험이 들어있다. 시간의 무한 확장과 축소가 반복되는 것은 서정시의 시간에 나타나는 특징이다. 세차라인은 "사방이 막힌 곳"이라는 점에서 시집살이와 닮았다.

'나'는 그때처럼 "양손으로 팔꿈치를 감싸고 앉아 있다"는 방어기제를 작동할 수밖에 없다. 그러나 억울함과 답답함도 유통기한이 있는 법, 살아갈수록 그 강도는 옅어질 것이므로, 휴대폰의 수신 표시등이 깜빡거리고 초록 안내 등이 '나'를 부른다. "나는 당차게" 삶의 "액셀러레이터를 밟"아야 한다. "더 말아먹을 것도 없는 집안을 말아먹었다는 누명을 씻은 여우"이기 때문이다. 시적 화자는 이제야 이런 슬픔과 답답함을 제의를 통과하듯이 "패스! 패스!" 한다. 세차장은 결혼 이후 삶의 축소판이다. 이 점에서 「마루」에 남겨진 자리나 "칼끝에 찍힌 것처럼 중심을 헤집던 참소" 역시 마찬가지다. 과장된 허장성세나 체념도 없이 세계와의 불화 속에서도 그 고통스러운 삶의 문제들을 피하지 않고 끈질기고도 지혜롭게 통과하는 자세가 시인의 시 속에는 있다. 이를 잘 보여주는 시가 「거북이의 처세술」이다.

이 딱딱한 등껍질은 내 평생 다락이고 서랍이지
말랑말랑할 땐 벼룩이 슬쩍 건드려도 죽은 척
잽싸게 목을 밀어 넣고
내 작은 서랍 속으로 숨었지
배가 보이게 뒤집히면 세상도 벌렁 뒤집히니까
계단이라도 와르르 무너지면 나도 죽어라 버둥거리지
등껍질을 벗는 동안 단단해졌지
다리를 접고 목을 움츠리면 물때 앉은 돌덩이지

무시로 햇볕에 나가 젖은 발바닥을 말리지
처처에 악어가 숨어 있는 세상
몸통이 잘려 통째로 먹힐지도 모르지
서랍 속에서 목을 빼고
눈과 코만 내밀어 숨을 쉬지
서랍이 약간 기우뚱해도 뒷다리를 펴고 기지개를 켜지
오래 쟁여 둔 책 위에서 뛰어내리지
그럴 땐 목구멍이 분홍 꽃잎이지
갈퀴와 이빨은 꽃잎으로 가리고
먼지가 자욱한 다락에 발자국을 찍으며
순간순간 그렇게 가는 거지

— 「거북이의 처세술」 전문

　시인이 서정적 자아로 선택한 거북이는 아주 말랑말랑
하고 슬픔도 느끼고 섬세하다. 그런 자아로는 "처처에
악어가 숨어 있는 세상"을 건너갈 수가 없다. 거북이는
이 거친 세상을 이겨나가기 위해 딱딱한 등껍질에 숨는
전략을 세운다. 등껍질은 "평생 다락이고 서랍"이다. 그
건 벼룩이 건드려도 죽은 척 목을 밀어 넣고 숨을 수 있
는 피난처이다. "배가 보이게 뒤집히면 세상도 벌렁 뒤
집히"고 만다. 더욱이 껍질을 벗는 동안 더욱 단단해져
"다리를 접고 목을 움츠리면 물때 앉은 돌덩이"가 된다.
그러다 늘어난 습기 때문에 무시로 햇볕에 나가 젖은 발
바닥을 말려야 한다. 서랍인 등껍질이 기우뚱해질 땐 책
에서 뛰어내려야 한다. 책은 이론이나 융통성 없음을 뜻

한다고 본다. 곧장 등껍질(다락)로 들어가 온통 꽃잎인 목구멍으로, 그러나 갈퀴와 이빨을 꽃잎으로 가리고 가야 한다. 먼지가 자욱한 다락에만 발자국을 찍으며.

서정적 자아가 거북이로 살기는 쉽지 않다. 시인은 물리적인 조건으로부터의 구속을 지혜롭게 해제하면서 자신의 실존을 심화하고 확대해야 하는 존재라는 걸 감안할 때 거북이에게 필요한 것은 지혜일 것이다. 거북이는 언제 습격할지 모르는 악어를 경계하면서도 끊임없이 사물과 세계를 응시해야 하는 이중의 어려움을 가진 경계인이다. 세계를 바라보는 데 필요한 것은 밝은 예지와 독서이지만, 여차하면 거기서 내려와 방어에 필요한 행동의 세계로 가야 한다. 그러나 성장 서사의 이면에는 중년을 넘어서는 시인의 실존이 있다.

진찰실 문이 열릴 때마다 사람들은 금붕어를 닮은 꽃을 본다
에어포켓 같은 접수대 유리병 속에서 주둥이를 뻐끔거리는 금어초
간호사가 날렵한 손끝으로 주사기를 챙긴다
시간이 링거병 뚜껑처럼 열렸다 닫힌다
4월의 초록 잎과 줄기를 감싸고 있는 이끼들
나는 왼쪽 목밑샘을 어루만지던 손으로 붉은 립스틱을 덧바른다

내일은 부활절,
　금어초의 썩은 대궁을 잘라버리면 화사한 꽃은 어떤 몸
에 기댈까
　수술을 거부하는 마음으로 다음 날짜를 예약한다
　한 손으로 빗장뼈를 감싼 채 처방전을 받는다
　3초와 4초 사이를 지나갔던 시간이 꽃병 안에서 흘러내
린다
　대기실의 눈들이 진찰실에 쏠려있는 동안
　꽃들도 흐물거리며 자꾸만 녹아내린다
　　　　　　　　　　　　　－「금어초가 썩고 있다」1,3연

　곡풍谷風에 몸을 싣고 날아오르는 칼새처럼
　단숨에 산꼭대기까지 오를 수 있다는 말인가
　내가 한라산 그 뻐꾹채에 사뿐 내려앉는 생각을 하고 있
는 동안
　진료실 의자에 대리석처럼 앉아 있는
　그의 포르말린 같은 말들이 자꾸만 흰 벽에서 흘러내린다
　　　　　　　　　　　　　　　　－「왼쪽 날개」부분

　「금어초가 썩고 있다」에서 "왼쪽 목밑샘"과 "금어초의
썩은 대궁"은 유비類比 관계에 있다. 시적 자아는 "갑상선
조직검사 결과를 확인하는 마우스 소리"에 "마른 침을
삼키"는 "3초와 4초 사이"의 시간 속에 있다. "3초와 4
초 사이를 지나" "꽃병 안으로 흘러내리는" 그 시간은 불
안의 시간이다. 불안은 잡을 수도 없고 그렇다고 해서

떨쳐버릴 수도 없는, 말을 안으로 숨긴, 말이 되지 않는 안개 같은 심리이다. 모든 살아 있는 것들은 필연적으로 갈등을 갖게 마련이고 무엇이든지 쉽게 결정할 수 없는 삶은 불안 속에 있다. "시간이 꽃병 안에서 흘러내린다"거나 "꽃들도 흐물거리며 자꾸만 녹아내린다"가 그것을 예표하고 있다. 시적 자아는 자신의 아픈 몸을 그냥 안고 가기로, 현재의 시간을 지연시켜보기로 한다. "금어초의 썩은 대궁을 잘라버리면 화사한 꽃"이 기댈 몸이 없기 때문이다. 그 지연된 시간에서 느끼는 불안은 「왼쪽 날개」에서도 그대로 감지된다. 「왼쪽 날개」에서 시적 자아는 목밑샘에 자란 혹을 평생 매달고 살아도 "왼쪽으로 몸이 기울어지지 않을 거"라는 처방에 일단 안도한다. "곡풍谷風에 몸을 싣고 날아오르는 칼새"가 되어 "한라산 그 뻐꾹채에 사뿐 내려앉는 생각을" 한다. 그러나 현실은 "대리석처럼 앉아" 버티고 있고, "포르말린 같은 말들이 자꾸만 흰 벽에서 흘러내"릴 뿐이다. 두 세계가 시적 자아를 둘러싸고 대립하고 있다. 이런 양가성은 이 세상이 호락호락하지 않다는 것을 증거 한다. 세상이라는 "넓은 초원"의 퍼즐을 "다 맞추려면" "밑그림의 배경背景까지 볼 줄 알아야"(「퍼즐 맞추기」)하기 때문이다.

우리는 지금까지 이번 시집에서 시인의 성장 서사를 중심으로 이후 개인의 실존에 이르는 과정을 살펴보았다. 자아의 성장 서사에는 필연적으로 정직한 자기 고백과 개인의 실존이 따른다. 이번 시집은 이 과정을 때로는 유머 있게 때로는 심도 있게 잡아낸 매우 의미 있는 결실로 보인다. 시인의 이후 시 세계가 이를 바탕으로 어떻게 전개될지 벌써 기다려진다.